인생의 향연(饗宴)

박기숙 제2시집

시음사
시시랑음악사랑

QR코드 스마트폰으로 QR 코드를 스캔하면
시낭송을 감상할 수 있습니다

본문
시낭송
감상하기

 제목 : 분홍빛 엽서
시낭송 : 최명자

 제목 : 바다의 향기
시낭송 : 최명자

 제목 : 저 하늘 남쪽에는
시낭송 : 최명자

 제목 : 하얀 목련화
시낭송 : 최명자

 제목 : 오월의 장미
시낭송 : 최명자

 제목 : 보랏빛 패랭이꽃
시낭송 : 박영애

 제목 : 산등성이 고갯길
시낭송 : 박영애

 제목 : 아! 가을인가
시낭송 : 박영애

 제목 : 겨울 찬가
시낭송 : 박영애

 제목 : 하얀 민들레 홀씨
시낭송 : 박영애

 본문 시낭송 모음

영상은 YouTube 정책 또는 운영 관리에 따라 삭제될 수도 있습니다.

시인은 자연을 이야기하고 시낭송가는 자연을 품었다
글자는 날개를 달아 언어로 날고 소리는 자연에 눕는다

시인의 말

복사꽃, 살구꽃, 개나리, 진달래 온 세상이 꽃 무릇으로 물들어져 가는 아름다운 날에 이렇게 제2시집 작품인 "인생의 향연(饗宴)"을 출간하게 되어 기쁩니다. 가슴이 뭉클하고 마음이 날아갈 듯 설레입니다.

비록 부족한 시상의 글이지만, 많은 독자의 사랑을 간구하며 좋은 시 창작의 노래로 남기를 기대해 봅니다.

저의 시 문학 작품인 "인생의 향연(饗宴)" 시집이 출간되기까지 많은 수고를 아끼지 않으신 대한문인협회 김락호 이사장님과 출판사 및 관계자님들께 진심으로 감사드립니다. 아울러 대한문인협회의 무궁한 발전을 기원합니다.

시인 박기숙

* 목차

* 목차

봄의 찬가

보랏빛 연가에 실려 오는 그윽한 향기는
그대의 체취인가
그대의 마음인가

저 멀리서 아득히 들려오는
낭랑한 목소리는
누군가의 봄의 찬가이로다

행여 내게 오시는 그대 임이 아니신가?

봄의 연가가 희망의 노래가 되어
온 세상을 파도치며 즐겁게 들려온다

탑처럼 쌓아 올라가는
하얀 보랏빛 라일락 향기가
바람에 더욱더 짙게
하늘 높이 날아

훠이 훠이
날갯짓 치면서
멀리멀리 사라져 간다

나의 꿈도 나의 희망도
황혼의 품에 안겨서

흥에 겨워 다시 한번
봄의 향기에 취하여

하늘 향해 두 팔 벌려
마음껏 노래하리라.

아름다워라! 동방의 별

아름다운 나의 조국
금수강산에 꽃이 핀다

빨강 주황 노랑 초록 파랑 남색 보랏빛
휘황찬란한 무지갯빛
프리즘 나열 속에서

나의 마음도 나비 되어
훨훨 날아가고 싶다

그러나 저승사자인 코로나
바이러스 때문에 온 세계가
불안과 공포로 떨고 있으니

오호라 통제로다
이 무슨 해괴한 세상인가?
하늘이 놀라고 땅이 통곡할 노릇일세

입에는 검은 딱지 하얀 딱지로
입을 봉하고 서로 악수도 안 하고
못 본 체하고 거리를 두고 걸어가는
해괴한 나라가 되었구나

슬프도다
동방에 빛나는 나의 조국
대한민국이여! 힘차게 일어나라!

전 세계에서 가장 우뚝 서서
높은 하늘을 뚫고 우러러 보아라.

9

임 마중 가세

가세 가세 임 마중 가세
달맞이꽃 활짝 피는
저 보리밭 피리 부는 언덕을 넘어서

하늘에 빛나는 달빛을 껴안으며
임을 향해 살포시 다가간다

아 그리운 나의 임이시여!
언제나 오시려나

하늘아 달아 별아!
너희들은 내 마음을 아는지 모르는지

내 마음엔 찬비만
내리는구나.

분홍빛 엽서

분홍빛 엽서에 내 마음 실어
임 계신 곳으로
오월의 향기를 띄워 보내련다.

푸른 청라 언덕 위에
하얀 아카시아 꽃향기 날리고

가로수 빨간 장미 넝쿨은
길 따라 바람 따라
선율에 맞추어 춤을 춘다

나는 보았네
생명의 빛이 빛나는 사랑의 향기를

하늘을 나는 공중의 새들에게도,
땅 위를 기어다니는 초식의 동물에게도,
사랑이 있고, 행복이 있다는 것을...

다시금 분홍빛 엽서에
사랑의 향기를 보내야지

달빛 타고 흐르는
새벽 강가에도

화려하게 웃음 짓는
노란 수선화에도

분홍빛 엽서를
보내야지.

제복 : 분홍빛 엽서
시낭송 : 최영사
스마트폰으로 QR 코드를 스캔하면
시낭송을 감상할 수 있습니다

11

코로나19 바이러스

검은 띠 하얀 띠를 입에 물어야
외출을 할 수 있는 해괴한 세상이 되었도다

날씨는 폭염주의보로 달려가는데
이놈의 세상 어찌 살아가야 할까

가슴만 답답하구나

뭉치면 죽고 헤어지면 산다는
이 모순된 진리가 내 마음을
슬프게 찢어 놓는구나

아! 거룩하고 경건하신
영광의 하나님이시여!

언제나 이 세상을 평화와 행복으로
가득 차오르게 하시렵니까?

존귀하시고 자비로우신 하나님이시여!
저희에게 은혜가 풍성한 사랑의
열매를 맺어 자비의 십자성을 이루게
보호해 주시고 인도해 주옵소서!

사망의 골짜기에서 힘차게 솟아나는
생명의 폭포수가 분수처럼

차고 넘치는 행복의 날들이
오기만을 기도합니다.

영광의 불꽃이여!
축복의 날들이여!

어서 빨리 코로나19를
사라지게 하옵소서.

아카시아꽃이 필 때면

우리 집 농원 언덕 위에
아카시아꽃이 하얀 눈송이처럼
몽실몽실 피어오르고

그 아래 시냇가에는
길 양쪽으로 빨간 딸기가
새빨갛게 여름 속에서 익어간다

딸기나무와 하얀 찔레꽃 나무가 서로 어우러져서
한 폭의 정물화를 그려 내고 있다

자연의 온 삼라만상이
요술쟁이인가 보다

꽃의 화려함과 자연의 오묘함은
파노라마 시네마를 연출하고 있다

아카시아꽃이 하얀
너울 쓰고 하늬바람에 춤을 추면

내 미음도 흥에 겨워
춤을 추는 무희가 된다.

살으리랏다

"살으리 살으리 살으리랏다."

청잣빛 하늘을 이불 삼아
숲속에서 그대와 함께 살고 싶다

아카시아 향기가 은은하게 코를 찌르고

빨간 딸기가 새빨갛게 익어갈 때

짙푸른 숲속 언덕 위에
그대와 함께 하얀 집을 짓고

지붕 위에는 연둣빛 호박 넝쿨을 올리고
마당에는 보랏빛 라일락 나무를 심고

풀밭에 앉아서 나는 가야금을 치리니
그대는 가락에 맞추어 춤을 추시오

마당의 삽살개도 흥에 겨워
살랑살랑 꼬리 춤을 출 때

온 가족이 삶의 축복을 맛보았다.

바다의 향기

검게 푸른 바다
물결 춤추며 넘실넘실 댄다

이제 바다로 가야지
백구(白丘) 춤추는 낭만의 바다로

하얀 조각 배에 몸을 싣고
그대와 나 어디로 항해를 떠나갈까?

우리 두 사람은 푸른 하늘을
우러르고 파도에 몸을 싣는다

오라! 바다의 푸른 향기여!

넓은 내 마음의 우주 같은
희망찬 파도여!

춤을 추어라 파도쳐라!

하얀 포말이 게거품을 내며
지구가 돌아가고 사계(四季)가 변해 간다고 해도

너이 향기는 영원히 변하지 않는
바다의 푸른 물빛이어라.

제목 : 바다의 향기
시낭송 : 최병사
스마트폰으로 QR 코드를 스캔하면
시낭송을 감상할 수 있습니다

16

저 하늘 남쪽에는

저 푸른 하늘 남쪽에는
그 누가 살고 있을까요

옛날 옛적에는 우리 아버지와 어머니가
푸른 동산에서 기와집을 짓고

넓은 밭 가에는 옥수수나무를 심고
밭 가운데는 참외와 수박을 심으셨지요

나는 동생들과 손을 잡고 강강술래를
하며 즐겁게 뛰어놀았지요

그러나 지금은 저 먼 아름다운 천국으로
먼저 가셨으니 통곡의 눈물만 흐릅니다

사랑하고 보고 싶은 나의 부모님!
저는 어디에 마음을 주고 살아가야 할까요?

어디에 믿음을 주고 어디에 의지하고 살아가야 합니까?

그리운 나의 아버지! 어머니!

이 불효 여식을 용서하시고
저 푸른 하늘 남쪽에, 어디에 계시는지
아니면 북쪽 하늘 어디에 계시온지요

오늘 하루도 궁금하여 이렇게
문안 인사를 올립니다.

제목 : 저 하늘 남쪽에는
시낭송 : 최명자
스마트폰으로 QR 코드를 스캔하면
시낭송을 감상할 수 있습니다

17

그리움이 머문 자리

그리움이 머문 자리에는 행복이 싹트고
사랑의 물결이 출렁입니다

누구나 사람들은 그리운 사람
보고픈 사람을 애타게 그리며 혹여 만날 수 있을까

어쩌면 영원히 못 만날지도 모르는
우리 두 사람의 인연이라 할지라도

나는 그리움이 머문 자리에서
그대 오기만을 기다릴 겁니다.

하얀 모자

내 머리 위의 하얀 모자
은색으로 환하게 얼굴을 비춰주네

하얀 천사처럼 순결한 이미지로
나를 감싸준다

내 몸의 일부인 양 항상 머리에 쓰고서
거울 앞에서 씽끗 윙크해 본다

마음이 즐거우면 거울 속의
여자도 같이 즐거워한다

시인으로, 수필가로 등단할 때도
나는 하얀 모자와 함께 문학에 등단하였다

학창 시절에도 하얀 모자에 청색 띠를 두른 앞면이
반달같이 챙을 달은 모자를 썼었지

하얀 모자를 쓴 소녀는 피아노실에서
'차이콥스키'의 교향곡
6번 비창 3악장을 감상하며
신나는 시간을 보냈었지

나는 오늘도 하얗게 빛나는
반달 모양의 모자를 쓰고

내가 사랑하는 사람들을 만나기 위해
가방을 메고 무지갯빛 꽃길을 걸어간다.

호박꽃

샛노랗게 피어오르는
황금색의 호박 초롱꽃

너무나도 아름다워
다시 한번 바라본다

아름답고 향기로운 칵테일에
물빛처럼 영롱하게 피어나는 호박꽃

우리 집 뜨락의 복숭아나무,
앵두나무, 라일락 나무

줄기를 타고 끝없이 넝쿨을
만들며 하늘을 향하여
고개를 세우고 기어오른다

아! 집념의 세월이여!
영원히 변하지 않는 만고불변의
진리의 여신이여!

세월이 가면
달덩이 같은 누런 호박이
주렁주렁 달리겠지

상상만 하여도 내 마음은 푸근하다

노란 호박덩이가 우리 집에
여기저기에 매달려 호박 잔치가 벌어질까

그래
기쁜 날이 오겠지

나 혼자서 오늘도 흥에 겨워
콧노래를 불러 본다.

추모 시

아! 사랑하고 존경하는 나의 임은 가셨네요

꽃가마 타시고 그 머나먼
길을 어떻게 가셨나요

밝게 빛나던 반짝이는 눈동자
끄떡도 안 하시던 곱게 다무신 입술

생각납니다

"나는 도토리를 많이 먹고 자라서 이렇게 야물지!"

이렇게 입버릇처럼 말씀하시더니
불의의 교통사고로 갑자기 돌아가시다니
너무 가슴이 아픕니다

아! 꿈처럼,
현실이 아닌 것 같아
더더욱 마음이 아픕니다

존경하고 사랑하는 임이시여
다시는 못 오실 머나먼 곳으로 가셨지만

천국행 열차에 몸을 싣고 아름다운 곳으로
가셨으리라 믿습니다

고이 잠드소서!

세월의 상흔

주여! 하늘 향해
꿇어 엎드려 기도합니다

저희 인간을 불쌍히 여기시어
이 지구상에서 코로나바이러스를
멸살시켜서 사라지게 하옵소서

존귀와 영광을 한 몸에 받으시는
거룩하고 사랑이 많으신 인류의 아버지시여

저의 기도를 들어주소서
하루빨리 저희 인간들을
악의 구렁텅이에서 구원해 주옵소서

병균 덩어리를 이 우주에서 소멸하게 하시고
평화와 축복의 땅에서 안전하게 살게 하옵소서

모든 사람이 건강하고
행복한 삶을 살도록 도와주소서

예수님의 이름으로 기도합니다.

아멘!

신축년의 기도

지난날의 세월의 아픔을
말끔히 씻어 주옵소서

붉은 태양이 용암의
불빛처럼 활활 희망으로
타오르고 있네요

어서 빨리 악령 같은 코로나를 저 하늘 깊은
지옥으로 날려 주옵소서

경자년(庚子年)과 함께 떠났어야 할
병균 덩어리가 왜 이리 못 떠나고 있는지

하나님의 위대한 성령의 힘으로
전 세계의 고귀한 인류들을 구원해 주옵소서

소망의 물결이 파도치는 신축년(辛丑年)의 새해에
전 인류의 사랑과 평화가 온 누리에 비춰주기를
다시 한번 기도합니다

신축년(辛丑年)이여! 대한민국이여!
영원히 빛나는 나의 조국이여!

흰 떨기 피어나는 생명의
불꽃으로 피어나라.

氷雪 銀色(빙설 은색)

하얀 눈 나뭇가지 위에
白雪 銀色(백설 은색)이 만발하다

지붕 아래 수정 같은 雪花(설화) 열매가
어여쁘게 매달려 신의 창조를 더욱
오묘하게 그려낸다

대자연의 빙하의 강기슭에
奇奇怪怪(기기괴괴) 함이란
이다지도 찬란할까

감탄의 가슴을 쓸어안고 빙설의 오묘한
정경을 마음으로 그림을 그리면서
신비의 절경 속으로 사르르 녹아든다

빙설의 그 아름다운 극치의 설경을
세상 어디에 비교할까

한쪽 눈을 찡끗 감고 기막힌 세상을
다시 한번 吟味(음미)해 보련다.

내게 사랑이 있다면

내게 사랑이 있다면
저 멀리 있는 그대를 사랑할 겁니다

울긋불긋 피어오르는 꽃 대궐 속으로
손을 잡고 순결한 마음으로

아주 하얀 박꽃 같은 마음으로
손잡고 거닐고 싶습니다.

우리는 만난 적도 없고 손 한번 잡아
본적도 없는 사이로

오직 글과 그림으로 대화하지만
어느덧 많은 정과 사랑이 싹터서

편지를 쓰는 이 순간이
가장 행복하답니다

만나지 못하고 함께
동행도 못 하였지만

어딘가에서 나의 글을 읽어 주고
그림을 보고 좋아해 주실 그대 '님'
너무나 기쁘고 그립습니다

그대 '님'이 있어서
나는 오늘도 힘차게
발걸음을 옮겨 갑니다

그대여 영원히 잊지 않고
찬란한 보석처럼

하늘이 부르는 그날까지
萬壽無疆을 비나이다.

노란 복수초

하늘은 푸르고 땅은 하얀 눈꽃으로
백설이 만연하도다

동토(凍土)를 견디고 온
봄의 전령사인 노란 복수초!

너의 속삭임은 무엇이뇨?

비바람 눈 속을 파헤쳐 온
너의 인고의 울부짖음은

우리 인간에게 무엇을 가져다주었는가?

그래 그렇지
기다리고 기다려야지

가시에 찔리고 돌부리에 차여 아플지라도
내 마음 뒤틀려 혼비백산이 된다고 할지라도

나는 또 빙설의 잔설(殘雪) 속에서
반드시 노란 복수 꽃처럼
열정의 꽃으로 피어 나리라.

봄노래

쑥 내음 씀바귀
갈색 농장 주위에 뾰족뾰족

새싹 움 틔우는 모습이
내 눈을 즐겁게 한다

저 푸른 산속에 꿩 날개 퍼덕이니
고라니와 멧돼지도 덩달아 이리 뛰고 저리 뛰네

푸른 산속의 나무들도
하늬바람에 살랑 춤을 추고

평화로운 들길에는
봄의 향기가 온 산야를 휘몰아치네

양 떼를 몰고 가는 저 목동은
풀피리 소리에 흥겨운 콧노래를 부르며

새파란 목장을 향해 석양의 무법자가 되어
횡야의 들판에 추어을 심으며
양 떼를 몰아가고 있다.

천국(Paradise)

천국을 가려면 어떻게 갈까요?

낙타가 바늘구멍을 뚫고 지나가기보다 더 어려운 길을

세상에 살면서 죄를 짓지 말고
오직 하나님의 말씀에 순종하고

천사 같은 마음씨로 겸허하게 살고
허욕을 버리고 청빈하게 살기를...

천국이 있다면 정말 가보고 싶어요

화려한 꽃길, 금강석이 반짝반짝,
아름다운 나비와 새들은 흥에 겨워
날갯짓으로 희롱하네요

은하수 강변에는 하얀 백합화가
무지개 꿈을 안고

바람에 실려 살며시 입맞춤한다

먼저 떠난 사랑하는 동생아!
기다려라.

언젠가는 너를 만나러 내가 간다

천국에 있을 너를 그려보며
오늘도 보고 싶어 네게
한 장의 엽서를 띄운단다

천국에서 언젠가 만날 그날을 기다려라
나는 오늘도 네게로 가까이
더욱 가까이

그리움의 눈물을 흘리며
다가가고 있단다.

기다려다오!
사랑하는 나의 동생아!

PS : 먼저 떠난 동생이 보고 싶어 이 글을 설날에 씁니다.

하얀 목련화

하얀 목련화가 쪽빛 하늘을 우러르고
환희의 꽃 나팔이 온 산야에
봄 향기를 뿌려 댄다

나는 꽃향기에 취하여
'베로나'의 '들장미'를 불러 본다

흥에 겨워 향수에 취하여
나도 모르게 흘러가는 구름을 바라보며

하얀 목련화의 꿈길 속으로
내 마음도 모르게
정처 없이 따라가고만 있구나.

제목 : 하얀 목련화
시낭송 : 최명자
스마트폰으로 QR 코드를 스캔하면
시낭송을 감상할 수 있습니다

초원의 빛

푸르다 못해 파란 연둣빛 햇살이
오늘따라 휘파람을 불며
휘황찬란하게 빛이 난다

따사롭게 바람결에 나부끼는
목련화는 한겹 한겹 옷을 벗으며
슬픔의 나락으로 낙하한다.

언젠가는 나도 저기
저 모양이 될 터인즉

초원의 빛 속에서 육체의 고락(苦 樂)을 품에 안고
새 생명의 불꽃을 태우기 위해
열심히 살아가려고 다짐해 본다.

어디선가 들려오는 슈베르트의 '월계꽃'이
내 마음을 환희로 사로잡는다.

연분홍 앵두나무꽃

희고 발그레한 앵두나무꽃
회색 나뭇가지 위를 살며시
솟아 나와서 활짝 피어 손짓한다네

환상의 하모니가 내 마음을 어느덧 화려한
꽃의 요람 속으로 유인해 간다

나의 정성과 수고를 함빡 파고 들어간 앵두나무 3그루가
나란히 차렷으로 줄을 서고 있다

씨를 햇빛에 말려 심어서 무성하게 자란
앵두나무가 빨간 보석처럼 꼭꼭 숨바꼭질하며
앵두를 키워 왔다

달콤한 첫사랑처럼 달콤한 앵두 맛에
다시 한번 한 알을 따서 입에 넣으면
사르르 박하사탕처럼 달다

올 한해도 꼭 빨간 앵두를 많이 따서
사랑하는 사람들과 잔치해야지

봄비 오는 하늘을 우러러보며
새빨간 앵두의 달콤한 맛을 살짝
우리 집 뜨락에서 맛볼 수 있는 그날을
기다려 보련다.

4월의 연가

지나간 사월은 추억의 불꽃이요
돌아온 사월은 생명의 불꽃이라

발그레한 복사꽃 언덕에서
4월의 연가를 부르노라

저 멀리 보이는 산골짜기 숲속에는
산 노루가 이리 뛰고 저리 뛰니
덩달아서 고라니가 달음질한다.

산마루 언덕 위의
뻐꾸기도 뻐꾹뻐꾹
왈츠로 노래하고

숲속의 울긋불긋 진달래 향기도
녹색 대지에 환희의 팡파르로 입맞춤한다.

다람쥐 공원

우리 집 가까이 다람쥐 공원이 있다
다람쥐가 쪼르르 달려간다.
견공들도 산책을 나온다

복사꽃, 벚꽃, 개나리, 진달래,
대추나무, 은행나무, 소나무
모든 꽃과 나무들이
봄바람에 살랑살랑 춤을 춘다

이름 모르는 나무와 꽃나무들
운동기구들과 어린이 놀이터
그리고 노인정도 있다

만나면 서로 웃고 인사 하고
재래시장이 옆에 있어서
사람들이 길거리에 많이 다닌다

코로나 이전엔 아이들과 어른들이
함께 모여 즐겁게 하루를 보냈다

나는 음악도 틀어주고 기타도 치며
하모니카도 연주했다.

내가 나가면 나를 반겨주고
즐겁게 맞이해 주는 노래 부르는 회원들과
사람들이 너무나 반가웠다

그러나 악령 같은 코로나 때문에
요즘은 다람쥐공원에 안 간다

가고 싶지만 어쩌다 운동하러 간다

아! 기괴한 세월이여!
어쩌다가 이런 세월이 되었는가?

프랑스 센강의 추억

저 야경(夜景)에 불빛이 돌아가는
센강의 불빛을 보아라
너무나 장엄한 절경이로다

오색 찬란하게 비추는 에펠탑의
광란의 모습에 다시 한번 "찰칵"
플래시를 터트리며 하얀 크루즈호를 타고 달렸다

우와 와 와!
여기저기서 감탄의 소리가
다 함께 함성처럼 내 고막을 찌른다

은은하게 적막을 깨뜨리는
센강변의 환희의 뱃고동 소리는

내 귀에는 요한스트라우스 2세의
'봄의 왈츠'로 들려 온다

희망과 열망의 찬란한 봄

오! 봄은 역시
환상의 하모니를 노래하는구나

센강변을 달리는 봄의 추억은
영원히 내 마음속에서 살아 있으리라

센강의 달빛 어린 추억들이
무지갯빛 되어 황홀하게 하늘 아래
파노라마가 그려지고 있다.

신의 목소리

어디선가 들려 오는 찢어 지는 듯
감명 깊은 저 목소리는 인간의 목소리인가
아니면 신의 목소리인가

내 귓가를 찌르며 나의 마음을
애절하게 어딘가로 끌고 가는 듯
나는 그 목소리 속으로 빨려간다

봄의 왈츠에 미친 듯이 달려가서
마음은 함께 노래 부르고
함께 춤을 추고 싶다

꾀꼬리 같은 신의 목소리에
내 마음 나도 모르게 황홀경으로 물들어 가니
이 어찌 아름답지 아니한가?

추억의 나이아가라 폭포

일어나라! 옛 추억이여!
밝아오라 오월의 푸른 꿈이여!

하얀 크루즈를 타고 다시 한번
추억 여행을 떠나 볼까나

이제 캐나다로 추억 여행을 떠나가야지

그 이름만 들어도 가슴이 뻥
뚫리는 나이아가라 폭포!

시원하게 솟아올라
은빛 파도로 떨어지는 낙화유수

그 누가 이 장관의 어마어마한
신비의 바다를 표현해 보리오

몇 년 전 추억이 되살아나서
하얀 추억의 마음 위에 글을 써 본다

우리는 25명이 미국 동부를 경유해서 캐나다에 갔다
나이아가라 폭포는 미국 동부와 캐나다와의 국경 사
이에 있다

빨간 우비와 방수 신발을 신고
혼 블로어 크루즈를 타고
폭포수 근처 속으로 배를 타고 들어갔다

은빛 파도에 환상의 폭포수 속에서
사람들은 경탄의 굉음 소리를 질러 댔다

"찰칵찰칵" 플래시 소리가
파도 소리와 함께 하모니를 이룬다

이곳이 이승인가 저승인가
크루즈 배는 쓱쓱 밀물처럼 들어갔다가
썰물처럼 빠져나올 때 여기저기서
환호하는 소리가 들리며 파도 타는
사람들도 있다

또 한번 가보고 싶은 나이아가라 폭포수

그리운 옛 추억에 가슴이 젖어온다.

돌아오지 않는 강

님이시여!
나의 어버이시여!

하얀 날개 품고
그 강을 건너가지 마소서

다시는 못 오실 하얀 아침 이슬의
슬픈 파도는 소스라쳐 춤을 추네요

다시는 못 오실 그 대님을 그리며
오늘도 돌아오지 않는 강변에서
그대를 향하여 속삭입니다

님이시여!
그리운 어버이시여!
기다려 주세요

저도 언젠가는
어버이 곁으로 가오리다

그날이 되면
저도 슬픈 곡조를 타고
돌아오지 못힐 깅을
건너가오리다.

이탈리아 광장에서

오색 찬란한 네온사인의
이탈리아 광장을 아들과 함께
두 손 꼭 잡고 걸었다

너무나 황홀한 찬란한 꿈의 야경들
이곳저곳에서 환희의 탄성이
환하게 내게로 와서 나를 매력의 마을로 유인한다

나는 이탈리아 가곡인
'오 솔레미오'를 멋지게 부르는 곳으로 발길을 옮겨 갔다

얼마나 내가 좋아하는 노래인가
나는 그 가수 노래를 함께 따라 불렀다

밤공기를 타고 그 노래는 멀리멀리 퍼져 나가서
온 광장을 환희의 물결로 가득 채웠다

"오 맑은 햇빛 너 참 아름답다.
폭풍우 지난 후 너 더욱 찬란해"

내 마음 내 사랑이 다하는 날까지
찬란하게 빛나는 '오 맑은 나의 태양'을 마음껏 노래하리라.

오월의 장미

작열하는 저 태양을 보아라
샛말갛게 피어오르는 하얀 구름을 보아라

짙푸르게 익어가는 푸른 대지의
욕망의 불꽃을 보아라

오월의 장미가 담벼락 위에서
뜨겁게 환희의 숨결을 내뿜고 있다

어쩌면 새빨갛게 불타올라
정열의 마음을 솟아오르게 할까?

오월의 장미가 살랑대는 찬바람에
더욱더 어깨춤을 덩실덩실 추어댄다.

제목 : 오월의 장미
시낭송 : 최명자
스마트폰으로 QR 코드를 스캔하면
시낭송을 감상할 수 있습니다

산딸기

산에서 곱게 익어가는 산딸기야
너는 어찌하여 옥구슬처럼
아름답게 맺혀 있니

왜 이렇게 시큼하고 달콤한지

아이야! 어서 와서 나와 함께
꽃바구니 옆에 끼고
산딸기를 따러 가자.

빨간 앵두

빨간 진주알처럼 알알이 박힌
빨간 앵두를 따서 한 입속에 넣어 본다

이렇게 달고 시원한 앵두를
말려서 차로 만들어 먹으면 얼마나 맛있을까

저녁에 들어올 두 아들에게
설탕을 듬뿍 타서 주어야지

벽시계를 바라보며 들어오는 발소리에
귀를 쫑긋하며 반가움에 젖어 있다

어서 나가서 손잡고 반겨야지.

뻐꾸기 노래

뻐꾹뻐꾹!

이 산 저 산에서 뻐꾸기 노래가
온 산야에 울려 귀를 즐겁게 해준다

뻐꾸기처럼 함께 노래를 불러 본다
한참을 노래하던 뻐꾸기는 갑자기 노래를 멈춘다

같은 새가 아닌 사람이
뻐꾸기 소리를 내니 신기한가 보다

새가 아주 영리하다니 특히 뻐꾸기는 자기의 둥지도 아닌
다른 새의 둥지에 알을 낳는 얌체 족속이니 새 중에서도 파
렴치한 새다

그러나 첫봄을 알리는 아름다운 목소리의 주인공이니
다시 한번 뻐꾸기의 아름다운 목소리를 따라 해본다

뻐꾹뻐꾹 뻐꾹...

우리 다섯

우리 다섯이 빗속을 걸으며
식당을 찾아간다

다정하고 따뜻한 마음으로
행복의 빗길을 도란도란
소곤소곤하며 걸어간다

유난히도 빗방울이
굵게 떨어지는 가로수 길을

흥겨운 노래를 하며
다섯이 정답게 걸어간다

이 세상의 그 어느 사람이
우리들의 우정에 금을 그려 놓을 건가?

빗줄기가 세차게 내려친다
비에 젖는 줄도 모르고
깔깔거리며 마냥 웃기만 한다

아! 헤어질 시간이다

우리 다섯은 재회의 그날을 기약하며
이별의 아픔을 뒤로하고
각자 자기의 갈 길을 재촉하며
수많은 사람의 군중 속을 걸어간다

언제나 또 만날까?
건강하기민을 바란다.
친구야!

7월

짙푸르게 맑은 하늘을 보아라
푸르디푸른 하늘 위에 그림을 그려 보자

하얀 암수 두 마리의 양이
서로 껴안고 포옹하는 듯 하더니

서쪽을 향해 바람을 타고 날아가는 듯
서서히 행복의 사랑을 더듬어 간다

바람아 불어라
오늘 지금, 이 순간을 위하여
시원하게 불어 다오

저 하얀 구름 날아가는 먼 그곳에
내 마음도 함께 따주렴

고운 꽃향기 실어 오는 7월에는
내 사랑도 파랗게 하얀 구름 타고
자꾸만 익어만 간다네.

사랑하는 나의 별이여!

별빛 같은 나의 사랑아
꿈결 같은 나의 사랑아

언제나 그리움에 눈물짓는
진주같이 아름다운 영롱한 사랑아

그대는 지금 어디에 있는가
그대 있는 곳 그리워서
먼 하늘 쳐다보고 동공 지진을 굴려 본다

무지개 떠 있는 저 먼 하늘 아래
내가 있고 또 그대도 있겠지

하얀 구름 바람에 흘러간다
내 마음의 고향 노래 부르며

'사랑하는 나의 별'을 찾아 사랑의 꽃길을 찾아가야지.

꽃바람 여인

그대는 꽃바람 여인인가

살며시 뽀송뽀송한
눈웃음으로 그대 모습 찾아간다

가을 향기가 짙푸르게 익어가는
과수원의 복숭아나무 그늘에서
그대를 기다린다

양 볼에는 어느덧 새색시 볼에 떠오르는
부끄럼 같은 에메랄드빛 연정이
피어오른다

슬프고도 아름다운 꽃바람 난 여인아
그대 가는 길에 영혼의 기쁨이 넘치리니
나는 그대의 얼굴에 입 맞추리라.

님과 남

님이란? 남이란?

님이란?
사랑하는 연인의 칭호다

항상 곁에서 나를 지켜주고
나의 허물을 덮어주고

나를 감싸 안아 주며
내 잘못을 용서해 주는

이 세상에서 오직 한 사람뿐인
거목 같은 별빛 같은 사랑스러운 사람이다

하루만 못 보아도 보고 싶고 그리운 사람

그러나 '님'이라는 글자에 점 하나 찍으면
아주 먼 '남'이 되는 것이다

아주 먼 남!

그러나 남남끼리도 고운 사랑의 멜로디가
흐르고 서로 사랑하고 아껴주는 정감이
예쁜 한 떨기 열정의 불씨를 태운다

'남' 자에서 점 하나를 빼면 '님'이 되고
'님' 자에 점 하나를 부치면 '남'이 되는
우리 한글이 자랑스럽고 재미있다

내 머리에는 세종대왕의 위대하신 얼굴이
환상의 이미지가 되어 살며시 떠오른다.

무지개 꿈

꽃 피어라
영롱한 빛으로 발하거라
황혼의 가을빛으로 잉태하거라

무지개 꿈으로
환생의 날개를 달고
푸른 창공을 비행하거라

바다는 푸른 포말을 일으키며
너울 파도로 춤을 춘다

높디높은 푸른 하늘 천공에는
무지개 꿈인 나의 꿈들이
붉은 갈색으로 익어 가고 있다.

작은 아씨들

사랑하는 나의 일곱 작은 아씨들
보고 싶고 만나고 싶네요

지금은 무엇을 하시나요
악령 같은 코로나가 우리들의
사랑의 대화 다리를 끊어 놓고
마스크로 입을 봉하였네요

뜨거운 여름날이나
비 오는 천둥 번개 치는 날이
더욱 마음을 아프게 하네요

참고 또 참으면 영광과 축복이
함께 하는 아름다운 날이 오겠지요

사랑하는 작은 아씨들
만나는 그날까지 열심히 살아가시길
두 손 모아 기도합니다.

보랏빛 패랭이꽃

보랏빛 패랭이꽃이 3층 테라스 안에서
바람을 타고 춤을 춘다

강인하고 굳건한 너의 모습에
내 마음도 함께 춤을 춘다

아침에 눈을 뜨면 너를 보고
저녁에 눈 감기 전에 너를 보며

추운 겨울 헤치고 온
너의 정기에 많은 것을 배우고
나도 함께 오늘을 위해
행복의 열쇠를 닦아챘다

역시 행복은 멀리 있지 않고
내 마음의 고향 같은 노래 속에서
패랭이꽃의 아름다운 향기를 맡으며
오늘도 굳건한 믿음으로
삶의 진리를 배우며 살아간다.

제목 : 보랏빛 패랭이꽃
시낭송 : 박영애
스마트폰으로 QR 코드를 스캔하면
시낭송을 감상할 수 있습니다

꽃보다 아름다운 그대

꽃보다 아름다운 그대
꽃보다 향기로운 그대
내 마음을 사로잡은 그대

그대의 진실한 마음속으로
내 마음도 살며시 따라간다네

그대는 나의 사랑
영원히 변치 않는 나의 사랑

향기로운 그대 모습
내 마음에 한 송이
그리움의 꽃송이로 피어오르네

아! 그립다고 하니
더욱 그리워
내 마음 갈 곳을 잃어버렸네.

소나무 숲속 벤치에 앉아서

소나무 숲속 벤치여!
나는 너를 하루도 쉬지 않고 찾아간다

너와 나는 어느덧 친구가 되었구나
깊은 인연으로 우리는 만나서

정답게 희망과 낭만의 속삭임을 나누지
너는 나에게 말하지

"하루도 빠지지 말고 와서
사랑과 평화의 노래를 들려 달라고"

"그래 나는 고운 목소리로 축복의 찬가를 불러줄게"

푸른 숲속의 꾀꼬리 공주처럼
내가 힘차게 노래 부르는 최후의 그날까지

최선을 다해서 소나무 그늘에서
오늘도 열심히 기타 치며
'슈베르트의 세레나데'를 노래하런나.

시인의 애상(愛想)

시인의 노래는
황금물결 타고

저 멀리 날아간다
갈색 이름 모를

새가 전깃줄에 앉아서
"짹짹짹" 함께 베이스를 연주한다

두 마리의 비둘기 한 쌍이
교회당 십자로 꼭대기 위에서
시인의 노래를 듣고 있다

시인은 거룩하고 경건하게
노래 부른다

온 세상이 해맑은 하얀 눈빛처럼
깨끗하게 빛나기를 기도하면서
목청껏 진리를 노래한다.

삶의 의미는 무엇인가?

가만히 눈감고 지나온 세월을 음미한다

파노라마처럼 뇌리를 스쳐 가는
삶과 고통의 여정들이
영화의 한 장면들을 그려가며 솟아오른다

즐거웠던 어린 시절은 다 지나가고
이제 부모가 되니 또한 더 커다란
짐이 나의 마음을 짓누르네

청춘에 홀로 되어 두 아들을 키우니
이제 각자 자기의 갈 길을 가야 하는데
나는 어찌해야 할까

마음대로 되지 않는 것이 인생이구나
슬프도다 나의 인생 아무도 모르는 나의 인생
그 누가 내 마음을 알리오

오늘도 나는 있는 힘을 다하여
희망의 끈을 놓지 않고
열정을 다하여 살아가련다.

국화꽃 옆에서

국화꽃 향기 온누리에 피어오른다.
노란 들국화, 빨간 들국화

온 세상이 들국화꽃으로 치장하고
아름답게 선을 뽐내고 있다

어디선가 들려오는 10월의 새 아침의
새들이 지저귀는 소리가 귓가에 맴돈다

국화꽃 사라고 소리 지르는 마이크 아저씨,
시장길 바닥에 놓고 파는 국화꽃 장사 아저씨,

국화꽃 옆에서 생각에 잠긴다
누구를 팔아줄까 다 같은 지인이니
똑같이 팔아 주어야지.

어느 여인의 죽음

여인아, 여인아!
내가 사랑하는 여인아!

어제 본 네가 오늘 죽다니
하나님도 너무 무심하구나

울음도 비통함도
가슴을 쓸어 울리는구나

이건 진실이 아니야
믿을 수 없는 일이야

고생만 하다간 그녀가 너무
불쌍해 하늘을 우러러 통곡을 한다

안타까운 내 마음 어디다 하소연하오리까
그대 모습 찾아도 그대는 간 곳이 없고 저 들판에는
노란 들국화만이 바람 따라 고개를 젓는다.

춤추는 할아버지

다람쥐 공원에는 춤추며
운동하시는 할아버지가 계신다

대학 시절에는 응원 단장을 하셨단다
지금도 하루도 안 빠지는 멋쟁이 신사다

어찌 보면 어린아이같이 순수하시고
즐거워하시는 모습은 우리가 모두 닮아야 할
인생의 선구자이신 것 같다

오늘도 빨간 단풍잎에 곱게 인사를 하시며
흥겨운 목소리로
"노세! 노세! 젊어서 노세
늙어지면 못 노나니"
힘차게 명창을 하신다.

만석 공원

곱게 단풍으로 치장한 만석공원은
규모도 크지만, 모든 운동시설과 문화 시설도
수원에서 우위를 차지하는 시민들의 휴양지고
운동하기 좋은 뛰어난 공원이라고 자타가 공인하는 바이다

항상 와 보면 많은 사람이 함께 줄을 지어
질서 있게 공원 트랙을 활보한다

중앙의 호수에는 하얀 거위와 오리
백조들이 노닐고 호반의 물결들은
청빛 파도와 윤슬이 햇빛에 반짝이며
평화의 비둘기와 참새들도 호반 위를
힘차게 날아다닌다.

이 아름다운 만석 공원은 수원 시민의 자랑스러운 휴양지며
생동감 넘치는 운동가들의 원천의 근원지라 할 수 있다.

환희의 순간

광야 농원에서 호미를 쥐고
열심히 고구마를 캔다

아차! 고구마를 찍어서 하얀
속살이 하얗게 드러난다

어머니의 불호령이 떨어진다
다시금 고구마 가장자리를
살살 정성 들여 판다

그 순간 빨간 열매들이 주렁주렁 많이도 달렸다
이 순간이야말로 진정한 의미 환희의 순간이다.
모든 농부의 수확 기쁨이요, 결실의 자랑이다.

황금물결 들녘에서

넓은 광야에 길과 논밭을
감싸 안은 황금물결은 바람 따라 빗물 따라
이리저리 춤을 추도다

눈이 시리도록 빛나는 곡식들은 농부들에게
환희의 신비로운 열매를 주고
열락의 첫 생명을 잉태하는
고귀한 보배로운 양식을 제공한다

수확의 기쁨의 계절인 가을에는
온누리에 은혜와 축복의 열매를 담아
온 세상이 황금물결로 넘쳐나기를
두 손 모아 빌어 본다.

산등성이 고갯길

산등성이 고갯길을 나 혼자 걸어간다

벌목 당한 소나무들이 산 위에서
이리저리 굴러다니고 있다

비로봉 정상을 향하여
있는 힘을 다하여 지팡이를 짚고
꼬불꼬불한 좁은 길을 걸어간다

포기하지 말자고 혼자 굳게 다짐하며
산등성이 고갯길을 올라가고 있다

다시 한번 두 다리와 두 팔에 힘을 주고
정상을 향해 열심히 산행하고 있다

어디선가 산 뻐꾸기가
뻐꾹뻐꾹 노래한다.

제목 : 산등성이 고갯길
시낭송 : 박영애
스마트폰으로 QR 코드를 스캔하면
시낭송을 감상할 수 있습니다

행군하는 기쁨

여럿이서 행군하는 기쁨은
직접 해 보아야 그 맛을 알 수 있다.

홀로 걷는 것은 외롭고 쓸쓸하지만
함께 걷는 것은 분위기도 좋고
정답게 이야기하며 마음에 맞는
친구는 자식보다 훨씬 낫다

어려운 시기라도 항상
취미를 함께 하며 음악 활동을
조금이라도 하면 더욱더
새로운 하루를 활기차게 용기 있게 살아가겠지!

앞으로는 취미가 같은 분들과 함께
더욱더 음악 활동을 해야겠다고
마음으로 다짐해 본다.

아! 가을인가

앞에서는 빨간 단풍잎이
곱게 온 산하를 물들이고
이곳저곳에는 푸른 소나무들이 어깨동무하고
콧대 높게 우뚝우뚝 하늘을 우러르고 떠받들고 서 있다

아! 가을이 재빠르게 여름날에 폭염을 밀쳐내고
선선한 가을바람을 싣고 와서
총천연색의 시네마를 연출하고 있다

대자연이 미의 천사를 불러서
가을의 정취를 이토록 황홀하게 만들었는가 보다

과거는 지나간 추억이요
미래는 오지 않는 시간이니
이제 인생의 삶이 가장 중요한 시간이
현재인 오늘이니
이 순간 가을을 즐겁게 기쁜 마음으로 보내야겠다.

제목 : 아! 가을인가
시낭송 : 박영애
스마트폰으로 QR 코드를 스캔하면
시낭송을 감상할 수 있습니다

그리운 친구여!

내가 가장 사랑하는 친구여!
지금은 어디에서 무엇을 하고 있는가?
너무나도 보고 싶구나!

소식 몰라 안타까운 내 마음
학창 시절의 젊은 친구여
잘 있는지 궁금하여 소식 물어본다

산천이 몇십 년 몇 번이 흘러
머리에는 하얀 이슬 꽃이 피었단다

아무리 생각해도 죽기 전에 한번 보고 싶지만
소식 모르니 안타까울 뿐이구나

서로가 만나지 못하고 살아가지만
더욱더 건강하고 하나님이 부르시는 그날까지
열심히 살아가기를 바라며
만수무강을 두 손 모아 기도한다.

아가페 사랑

사랑은 아무나 하나요?
사랑을 계속 변함없이 하려면
서로의 관계를 유지하기 위해서
진실하게 관계 개선에 힘써서 노력해야겠지요

사랑은 마주 보는 것이 아니라
두 손 잡고 같은 목표 달성을 위해
열심히 일해서 성공했을 때의 기쁨을 함께
누리라는 것이 진실한 아가페 사랑이라는 것이랍니다

진실한 사랑을 위해 우리는
서로서로 헌신적인 사랑을 베풀어야 하겠습니다.

그리운 예쁜 향이야

겨울비가 똑똑 창문을 두드려 댄다
어느 시인의 눈물처럼!

내 눈에서도 눈물이 흐른다

슬퍼하지 말아야지

그러나 나의 여동생의 예쁜 얼굴이
자꾸만 떠오른다

"너는 속세를 떠난 것이 아니더냐?
항상 내 곁에 있는 거지

왜 대답이 없니
나는 너를 엄마처럼 키웠다."

너는 내게 말했지…

"언니는 나의 엄마야!" 하고,

"18년 차이니 그렇기도 하단다."

아! 그리운 나의 여동생!

너를 업고 먼 과수원
길을 지나 어머니 산소에
가서 절을 했다

사과를 따다가 놓고 절을 하던 너와 나!
이제는 모두가 지나간 추억이지만,

오늘도 나는 "언니"하고 부르는
너의 목소리에 귀를 쫑긋하고 날을 세운다

어디선가 들려오는
그리운 목소리에
서러움이 복받쳐 오는구나!

언젠가는 만날 언니와의 상봉을 기다려다오.

겨울비가 내리니 얼마나 추울까
보고 싶은 나의 예쁜 향이야!

스위스의 융프라우 철도 기념 (기행시)

추억의 융프라우 굴속을
기차를 타고 달린다

암흑 속의 불빛은
환상의 도가니로 춤을 추고

나는 기쁨의 천사가 되어
굴속 철길을 훨훨 날아가고 싶은
나비 같은 마음으로 날아가고 싶다

조금만 기다리면 스위스의 스핑스 정상의
전망대를 오를 수 있겠지

스위스의 알프스 전망대에서는
맑은 날이면, 프랑스의 보주(Vosges)산맥과
독일의 흑림까지도 조망할 수가 있단다

단 27초 만에 엘리베이터로도
드디어 스위스의 스핑스 정상에 오를 수 있는

알프스산맥의 기막힌 장관에서
눈 위에 나의 조그만 발자국을
힘차게 밟아 본다

두 팔 벌려 심호흡하고
하늘을 우러러 나 자신의
나약함을 발견하는 순간,
용기내어 힘차게 소리쳤다

인생은 용감한 사람만이
이 세상에서 승리할 수 있다고...

힘내자! 용기 내자!
모든 세계인이여!

보라!

저 푸른 초원 위에서 빛을 발하는
밝은 태양은 내일 또다시 떠오르지 않는가!

2021년 12월의 기도

아! 세월이 잘 간다
나는 무엇을 해왔는가?

고난과 역경의 세월이
또 한해의 역사 속으로
사라져 간다

악령의 코로나여!
자취 없이 사라져 가라

모든 인류의 생명의 씨앗을
갉아 먹는 너 코로나여
어서 사라져라

하늘에 계시는 하나님 아버지시여!
우주 만물을 지으시고
다스리시는 존귀와 영광의 주님이시여!

2022년의 새해에는 백두산의 검은 호랑이의
기운을 받아서 붉은 태양처럼 빛나는
대한민국의 미래를 찬란한 빛으로 타오르게 하소서!

하나님의 은혜가 풍성한
축복의 나라가 되게 하옵소서!

겨울 찬가

하얀 백화는 갈색 나무 위에서 파르르 떨다가
순간에 사라져 빗물이 되어 대지를 적신다

겨울 산중에 눈길은 은빛으로 물들고
순백색의 기기묘묘한 설화들이
천국의 잔치를 기다리고
바람을 타는 은 꽃가루들은
대지를 하얗게 쓸어 담는다

어릴 적 동심의 세계로 돌아간 나는
친구와 함께 눈싸움하고 눈사람 만든다

그 시절이 회색빛 되어
내 가슴에 그리움의 꽃향기를 뿌려 댄다

아! 역시 겨울의 설경은
인간의 마음을 깨끗이 씻어주는
흐르는 월광의 세계이다.

사랑의 세레나데

사랑이 불꽃처럼 피어오르던 날
나는 너를 만나기 위해

하얀 눈이 내리는 길을
홀로 터벅터벅 걸어갔지

그러나 너는 그곳 벤치에 없었다

하얀 눈꽃 송이가 소복소복 쌓여서
아름다운 꽃무릇을 만들어 내었다

아! 나는 하늘을 바라보며
이제야 깨달았다

하얀 눈이 내리는데
그대가 그곳에 있을 리가 없지

얼굴로 흘러내리는 뜨거운 눈물은
찬비가 되어 나의 두 볼을 적시고

나는 갈 곳 잃은 나그네가 되어
다시금 하얀 눈길을 비틀거리며
뒤돌아 오면서 나 홀로 속삭였다

사랑한다. 그대여!
영원히 이 세상 끝나는 날까지 사랑하리라.

동백꽃 피는 언덕에서

나 풀피리 부노라
그대 그리워 그대 향기 찾아서 예까지 왔노라

그대는 간 곳 없고 한 쌍의 종달새만이
지지배배 높이 떠서 지저귀는구나!

아! 그리운 나의 임이시여!
언제 다시 만나 오리까?

연분홍 새싹이 움 돋는 봄이 오면
그대 내게 다시 오시려나

오시는 걸음걸음 자국마다
나의 사랑 향기 그윽이 부으소서

그대 향기 찾아서
발길을 옮기려 하오.

봄의 향기

먼 산에 진달래꽃 아롱다롱 피어올라
내 마음에 사랑의 꽃향기를 가득 뿜어 주고

기쁨의 선물을 한 아름 안겨 주려
봄은 살며시 오겠지요

나는 기다려요. 사랑의 봄을...

울긋불긋 꽃무릇
여기저기 피어오르고
허공을 나르는
잡새들이 짹짹 소리 내어

봄의 교향곡은 울려 퍼지고
내 마음에 봄은 정녕
꽃향기 싣고 내게로 오겠지요

저 푸르게 싱그러운 수많은
나뭇가지 아래에서

꽃들은 겨울잠에서 깨어나
꽃 뿌리 걸음마를 하며 새싹이
돋아나는 봄의 탄생을 기다리고
환호하고 있을 겁니다.

은반 위의 댄서

환상의 두 남녀 댄서가 하얀 빙해(氷海)를
나는 새들처럼 광상곡에
맞추어 즐겁게 춤을 춘다

황홀감에 취하여
두 남녀는 서로 껴안고
은반 위를 신나게 춤추며
하얀 백조처럼 날갯짓으로
빙판에서 곡예를 한다

감격의 순간에 두 댄서는
은반 위의 요정이 되어
하나의 영혼으로 어울림 되고

춤추는 모습들은
거룩한 천사의 나비 몸짓으로
하얀 은반 위를 종횡무진으로
휘감고 다닌다

아! 참으로
인간의 위대함이여!
신비롭도다

그 타오르는 열정에
환희의 팡파르를
마음껏 보내고자 한다.

그리운 그대여

우리 서로 만난 곳도 다람쥐 공원
우리 서로 사랑한 곳도 다람쥐 공원

사랑하는 나의 님아
어서 오라 내게로
영원히 못 잊을 그대여

나의 님 나의 님
언제 만나 보려나
그리운 나의 님 오소서!

우리 서로 헤어진 곳도 다람쥐 공원
우리 서로 행복했던 곳도 다람쥐 공원

사랑하는 사람아
그리운 사람아
언제나 못 잊을 그대여

나의 님 나의 님
언제 만나 보려나
그리운 나의 님 오소서.

봄노래

봄 봄 봄 화려한 금수강산에
새봄이 왔다네

아이야! 어서 나오라
우리 함께 노래하자

파란 새싹이 움트는 저 들녘에서
다함께 차차차
봄노래 들노래 산 노래
춤추며 노래하자

이 강산 저 강산에도
얼씨구 절씨구
새봄이 왔다네

산골짜기 다람쥐도
들판에 생쥐도
떼구루루
재주를 부린다네

봄 처녀
진달래
꽃잎 꺾어서 머리에 꽂고

임 찾아
꽃가마 타고 오시는구려.

두 아들을 위한 기도

사랑하는 나의 두 아들아!
이제 너희 둘을 바라보며
이 엄마는 쑥스럽지만

참회하는 마음으로
너희 둘을 위한 기도를 한다

별로 자랑스럽지도 못한
이 엄마를 용서해 주기 바란다

일찍이 저세상으로 먼저 가신
너의 아버지 때문에 나나
너희들도 많은 고생을 하였지

이제 공부를 다 하고 직장생활을 하니
짝을 찾아가기만을 이 엄마는 기도한다

어서 좋은 짝을 찾아서 가기를 소망한다
항상 건강하고 행복하기를 진심으로 기도한다

사랑하는 나의 두 아들아.
이웃을 더 사랑하고
힝상 덕망과 겸손한 마음으로
정직하고 성실하게 살아가기를 이 엄마는 소망한다.

봄날이 오네요

봄날은
이 강산 저 강산 속에 있는
꽃무릇 구경을 시켜 주네요

꽃향기는 오색 찬란한
꽃가마 타고 산 너머 강 건너

물 따라, 세월 따라
구름 따라, 바람 따라, 피어오르네요

진달래, 개나리, 홍매화 모든 꽃이
화려한 꽃 잔치를 벌였나 봅니다

꽃잎을 만발하게 피우기 위해
벌 나비들도 이리저리로
꽃바람에 실려서
온몸을 흔들어 주네요

오호라
기쁘구나.
금수깅산에 봄날이 반가이 돌아왔어요
봄 잔치를 벌여야겠어요.

삶이란 무엇인가?

삶이란?

생의 의미를 안고 고민할 필요가 없다

그저 흘러가는 대로
순수한 마음으로

흐르는 강물처럼
자유롭게 떠도는 구름처럼

나 자신이 행복하게만
느껴지면 되는 것이다

커다란 저택이 아니더라도, 많은 돈이 없어도,
높은 권력을 가지고 있지 않더라도,
내 마음속에 항상 기쁨과 사랑과 희망이 있다면,

그 이상 무엇을 바라오리까?

내가 외롭고 쓸쓸할 때는
푸른 하늘을 향해 무작정 걷고 책을 읽는다든가

친구와의 대화를 나누고 함께
즐거워하고 함께 기뻐하는 것

이것이 나의 삶의 원칙이고
삶의 정의가 아닐까?

가자 나아가자
삶이 약동하는 저 반짝이는
영롱한 별빛이 흐르는
대지의 은하수 항구로.

봄의 메신저

하얀 구름 너울 쓰고
봄이 찾아오네요

개나리 진달래 복사꽃 살구꽃이
피어오르고 앵두꽃도 덩달아
피어오르는 4월의 오후에
목련꽃 그 그늘에서
차이콥스키의 비창 6번을 감상한다

경쾌한 노래 리듬이 내 마음을 살포시
안아주듯 감미롭게 흐른다

역시 봄날은 내 마음속으로
서서히 다가오는 불꽃같은 사랑의 메신저이다.

지리산 운봉(雲峯) 바래봉 철쭉

노란 개나리 방긋 웃고
새빨간 철쭉이 쌩긋 웃는
꽃무릉 고갯길!

콧노래 흥얼거리며
팔랑팔랑 잘도 걸어간다

높은 평원 푸른 소나무
우뚝 서서 몰려 오는 구경꾼에
살랑살랑 반갑게 인사 한다

여기가 저기인가?
이곳이 그곳인가?

유명한 지리산
운봉(雲峯) 바래봉이 아니던가?

푸른산 너머 산 자락에
백운(白雲)의 운무(雲舞)가 펼쳐지고

황혼의 스펙트럼이
빛나는 무지개빛이 되어

석양의 노을빛은
더욱 더 찬란하게 빛나고

지리산 운봉 바래봉
철쭉꽃도 황홀하게
피어만 간다.

사랑의 밧줄

사랑하는 나의 임이시여!

봄날의 반짝반짝 빛나는 마음으로
내 마음 봄볕에 내려서 녹아
깊은 산속 맑은 물로 정화수(井華水) 떠 놓고

그대의 마음을 내 마음으로
꽁꽁 묶어 하나의 사랑의
밧줄로 묶어 볼까요

아니면, 하나님의 사랑 앞에서
우리들의 언약에 사랑의 열매를 달아 볼까요

아! 그리운 나의 님이시여!
우리들의 가는 길에 축복의 마음이
흔들리지 않도록 나는 묶으렵니다

그대와 나를 사랑의 밧줄로
꽁꽁 싸매서 묶으렵니다.

고향 친구

오! 왔도다!
보고 싶은 친구들의 소식이

나의 고향 친구들에게서
보랏빛 엽서에 사진 얼굴 넣어서
내게로 보냈구나

그리운 나의 친구들
그립다고 말을 하니
더욱 그립구나

우리의 삶의 미래가
우리를 속이며
흘러간다고 하더라도

우리는 현재에 살면서
더욱더 노력해서 우리의
꿈을 향해 살아가자

더욱더 보고 싶은 고향 친구들아
우리의 꿈을 이룰 때까지

몸과 마음을 다 바쳐서
최상의 목표를 향해
힘차게 달려가자꾸나.

달빛 요정

달빛 창가에 앉아서
라테(커피) 한잔을 조용히 마신다

달콤하니 사랑의 영감이
온몸을 휘감아 돌아간다

내 몸이 환희에 젖어 오는데
베토벤 환희의 음률이
오묘하고 신비롭게 들려온다

달빛에 환상적인 꽃들이
「시네마스코프」를 이루고
달빛의 은하수 강가에는
아름다운 요정들이 멋진 음악에
맞추어 치맛자락을 휘두르며
캉캉 춤을 추어 댄다.

紅花(홍화)의 산골짜기

紅花(홍화)의 산골짜기가
나를 부르는 듯

나는 歡喜(환희)에 찬 기쁨으로
가슴 설레며 언덕을 올라간다

깜짝 놀라서 멈칫 섰다

이렇게 아름다운 세상이 또 있단 말인가?
이곳이 천국인가?

천국에는 수많은
金(금)길 銀(은)길이 있다는데

천사들의 모습도 보이지 않고
하얀 꽃나비 한 쌍만이

새빨간 철쭉 꽃망울 속에서
날갯짓으로 춤을 추고 있다

꽃은 어디에서 와서 이리도 예쁠까?

황혼 노을의 문턱에서
붉은 철쭉의 꽃무릉의 화려함에
넋을 잃고 바라 보았다

나도 홍화(紅花) 꽃동신에서 함께 춤추고 함께 노래하며
그늘과 노니는 것이 나만의 욕심은 아니겠지,
혼자 중얼거려 본다.

인생

인생이란 무엇인가?
알다가도 모르는 물음표가 아닐까?

삶의 진정한 여로에서 인간은
고뇌와 번뇌의 십자로에서
또 한 번의 갈등을 겪게 된다.

인생은 어디서 왔다가 어디로 가는 걸까?
나는 또 어디쯤 가고 있는 걸까?

누구나 자신의 인생길을 더욱
빛나고 알차게 영광의 길로
인도해 가기 위해서

한순간 순간을 고귀하게 여기며
열심히 살아가는 것이다

인생은 장미꽃이 뿌려진
평탄대로만 있는 게 아니다

때로는 가시에 찔리는
험한 가시밭길도 있다.

나는 인생길이 힘들어
서서히 쉬어 가련다.

푸른 솔밭

푸른 솔밭 그
그늘 벤치에서 기타를 친다

'슈베르트'의 "방긋 웃는 월계꽃"을 노래한다.

나의 사랑하는 음악 동아리와
함께 즐겁게 노래한다

비바람이 치는 여름날이나
쓸쓸한 가을날이나
눈보라가 치는 겨울날에도

언제나 변하지 않는
푸른빛 소나무여!

너는 노랗게 익어가는
송홧가루의 향유를
온 대지 위로 뿌려대는구나!

어디선가 비둘기의 "구구구"
소리가 들려 온다

영원히 변하지 않는
너의 소나무 빛이여!

언제나 푸르름.으로
오월의 향기를 마음껏 뿌려다오.

봄날

푸르른 대지 위에
아름다운 꽃들은
청춘의 샘물을 다 쏟아붓고

내일이면 여름날에 꽃들이
날개 치는 입하(入夏)의 계절이 온다

여름날은 생명이 꿈틀거리고
청춘의 상징인 젊음이 노래하는 사랑의 계절이다

아! 세월의 무상함이여!

희망찬 봄날은 저만치서
이별의 손사래를 흔들고

뜨거운 작열의 여름날이
화끈하게 달아올라 서서히
날개를 치며 솟아오른다.

이제 봄날은 가고
뜨거운 여름날이 오고 있으니
농장에 여름 알곡을 심어야겠다

풍성한 수확을 위해서
열심히 최선을 다해서
오늘도 힘차게 발걸음을
한발 한발 옮겨 간다.

인생 열차

프랑스 철학자 '데카르트'의 말씀
"나는 생각한다. 그러므로 나는 존재한다."
(I think therefore I am.)

나는 항상 사고하고 끊임없이
인생길 언덕에서 미래를 계획하고

꿈을 이루기 위하여
끊임없이 피나는 노력에 정열을 쏟는다

신데렐라 같은 꿈을 이루기 위하여
영원히 잠들지 않는 인생의 기차를 타고
달려간다

오늘도 나는 존재하는 인간으로서
성공의 열매를 맺기 위해 미래를 향하여

장밋빛 인생길의 터널을 지나가고 있다.

우정의 금자탑

오월의 장미가 바람에
하느적 하느적 꽃바람 날리며
꽃향기 싣고 내게로 온다

드디어 여름의 젊음이
뜨거운 숨결로 내 마음에 향기를 뿜어 주며
스르르 물결치며 녹아든다

사랑하는 나의 친구들이여
빨간 장미꽃처럼 정열적인 마음으로
똘똘 뭉친 그대들의 우정

높게 쌓아 바다 보다 깊고
하늘보다 넓은 햇빛보다 찬란한
우정의 금자탑을 쌓아 가자.

스위스(기행시)

아름다운 호수의 도시 인터라겐은
툰(Thun)호수와 브리엔츠(Brienz) 사이에 있어요.
스위스 알프스의 3봉인, 아이거(Eiger), 묀히
(Monch), 융프라우(Jungfrau)가
나란히 있는 베르너 오버란트(Verner Overland)
올라가는 관문으로
고도는 569m이며 시인과 예술가, 문인들이 아름다
운 알프스에 반해서
많이들 즐겼다고 합니다.

만년설에 뒤덮인 하얀 알프스산!
장관 중의 장관이로다.

추억의 세계여행(기행시)

자! 떠나자!
추억의 세계 여행을! 빵 빵빵~~~

어디부터 갈까요?

먼저 중국에 가야지, 아시아 최대 높이 468m,
동방명주, 역사박물관, 상해 임시청사, 서해 대 협곡
아이구 어질어질하네요.

아! 중국이라는 곳이
너무나 넓고 대나무도 길거리에, 산에 많이 심어 있어요
대나무로, 팬티 수건 젓가락, 여러 가지 실용품을 만들어
산업화한 거지요
*덩샤오핑*의 지시랍니다

다음에는 일본에 가서 '교토'에 가서 맛있는
음식도 먹고, 관광지를 다녀 보았는데 너무도 깨끗하고
검소한 생활을 하는 것 같았어요
서투른 일본어 죄송합니다(스미마셍)만 하면
모든 일들이 잘 통하더군요.

다음에는 서유럽 4개국을 순방하러 갑니다

먼저 이탈리아 로마 교황청의
바티칸시티, 성 베드로 대성당,
성 베드로 광장(성 베드로 묘지가 있음),

고대 아치 건축의 백미, 콜로세움 원형 경기장이
있고, 트레비 분수, 피렌체의 상징인 듀오모 성당이 있고,
미켈란젤로 광장이 예술적이며 웅장하게 보였어요.

낭만적인 물의 도시 베네치아와
베네치아 곤돌라를 타고 운하, 곳곳을 다니며
신나게 구경하며 낭만을 느껴 보았습니다.

프랑스(기행시)

TGV LYRIA(티지비 리리아)는
프랑스와 스위스의 도심을 가장 빠르게 연결하는 초고속 열
차로서
최대시속이 약 320Km 정도로 빠르답니다.

베르사이유 궁전은 "짐은 국가다"라고 말한
루이 14세의 거작으로 20년에 걸쳐 세운 절대주의 왕권의
영화를
상징하는 대궁전으로 100ha이나 되는 대정원은 방문객들에게
경이로움과 탄성을 자아내게 합니다.

특히 파리의 상징인 에펠탑 2층 전망대에서는
파리시가 다 보이고 야경에는 센강변을 따라 크루즈를 타
고 가는
관광객들의 함성이 노도(怒濤)처럼 터져 나온 답니다.

세계적으로 유명한 루브르 박물관,

프랑스 역사 영광의 상징인 개선문은 1806년
나폴레옹의 승리를 기념하기 위해 지어졌으나
나폴레옹은 보지 못하고 사망하였다네요.
너무너무 안타까우네요.

전 세계 관광객들의 상젤리제 거리는
세계 최대의 2km 길이의 거리로 유명 자동차,
매장, 패션 브랜드 상점, 고급 레스토랑, 카페등이 있어요.

한편 이곳은 마리 드 메디시스왕비가 센강을 따라서
산책할 수 있도록 만들면서 상제리제 거리가 되었답니다.

영국 (기행시)

귀족적 고풍과 현대적 활기가 공존하는 런던은 영국의 상징이며,
800만 이상의 인구가 거주하고 있는 유럽 최고의 도시입니다.

영국의 상징인 타워브릿지, 템스강 하류에 위치하고 있으며
빅벤은 1859년에 완성된 거대한 시계탑으로 런던의 명소로
국회의사당을
구성하는 건물 중 하나입니다.

버킹엄 궁전은 국왕의 왕실로서 트레펄가 광장의 서남쪽에
자리 잡고 있는
영국 입헌 군주 정치의 중심에 있어요.
1993년에 처음으로 공개되었답니다.

대관식이 펼쳐지는 웨스트민스터 사원, 13세기에 착공해서
16세기에 완공한
250년간 지은 사원은 건축학적 견지에서 최고의 평가를 받고
영국에서 가장 높은 고딕 양식의 중세 교회입니다.

세계 3대 박물관 중의 하나인 대영 박물관은
불름즈베리 러셀 광장 맞은편에 있어요.

웨스트민스터, 런던 타워브릿지,
현대 건축물들을 런던 템스강 한가운데서
투어를 통해 런던의 낭만을 즐겨 보세요.

PS: 다음에는 미국 동북부와 캐나다, 오스트레일리아로 떠나겠습니다.
건강하시고 행복하세요.

미국 동북부(기행시)

인천 국제공항에서 비행기를 타고 뉴욕, 보스턴, 위싱톤, 필라델피아,
미국 동부 도시는 물론 캐나다 토론토와 몬트리올 여행을 떠나 봅니다.

자! 빵 빵빵 휙~
아시아나 비행기를 타고 하늘을 멋지게 날아갑니다

#보스턴#

보스턴은 미국 명문 교육도시로, 유명한 하버드대학, 예일대학,
아이 비 리그 대학들의 뜨거운 열기에 취해보고 싶어요.
보스턴의 훌륭한 음악, 문화, 예술, 음식을 마음껏 느껴보고
싶었지요.

#뉴욕#

뉴욕은 세계 최대의 도시이자
미국의 중심이며, 세계 모든 사람에게 사랑받는 여행지예요.
센트럴파크, 월스트리트, 타임스케어, 브루클린 브릿지
자유의 여신상(오른손으로 햇불을 높이 들고 왼손엔 독립 기념 판을 들고 있어요.

프랑스에서 독립기념일 200주년에 선물로 받았다고 함)
저도 기념으로 자유의 여신상을 배경으로 찰칵했답니다.

#워싱턴#

워싱턴은 미국의 수도로서 백악관이 자리 잡고 있고
경제 행정의 중심지인 도시죠.
워싱턴에는 여러 기념관, 도서관, 국회 의사당,
토마스 제퍼슨 기념관 광장에서 저 혼자 사진을 촬영했어요.
링컨 기념관 앞에서도 포즈를 취하고 사진을 찍었어요.

※하버드대 도서관 벽에는 30번째로 "No, Pains, No, Gains."(피나는 노력 없
이는 좋은 수확을 거둘 수 없다)라는 격언이 쓰여 있답니다.

#나이아가라 폭포(Niagara Falls)#

미국과 캐나다 사이에 있어요.
왼쪽은 미국, 오른쪽은 캐나다가 자리 잡고 있어요.

이 폭포는 남미의 이과수 폭포와 아프리카의
빅토리아 폭포와 함께 세계 3대 폭포로 불린답니다.

히늘은 헬기 투어로, 바다는 제트 보트로 긴박감 넘치는
그야말로 멋진 짜릿하고 신나는 여행이었죠.

캐나다(기행시)

#토론토#

현재 캐나다에서 가장 많은 인구가 살고 있고
가장 규모가 큰 대도시인 토론토!
CN 타워 전망대가 토론토의 랜드마크라 할 수 있지요.

#천섬#

1,800여 개의 섬으로 이루어진 천섬, 미국과의 국경을 가르는
세인트 로렌스강에 떠 있어 섬마다 게양된 국기로
어느 나라 영토인지 확인할 수 있는 재미있는 곳이랍니다.

#몬트리올#

토론토와 함께 캐나다를 대표하는 도시 중 하나로
퀘벡과 비슷한 프랑스풍 도시인데요, 노트르담 성당,
세인트 제임스, 성당 등 유명한 성당이 많아요

#퀘벡(Quebec)#

프랑스인지, 캐나다인지,
헷갈릴 정도로 프랑스와 많이 닮은 도시 퀘벡!

17세기 이래의 건축물이 잘 보존되어 있는
캐나다의 최대 역사 도시로 도시 전체가
유네스코 유산으로 지정되어 있답니다.

캐나다 속의 작은 프랑스, 퀘벡에 진짜 멋진 도깨비를
만날지도 모르겠네요.

#미 동부의 뉴포트#

뉴포트는 요트로 가득찬 작은 항구도시로 길드 시대
뉴욕 갑부들의 사회적 상징으로 지어졌던 여름 별장
이 즐비했던 도시로 유명해요.

그 유명한 별장들이 지금은 박물관으로 소장되어 전
세계에서
방문하는 관람객들을 맞이하고 있답니다.

Australia(오스트레일리아) (기행시)

남태평양에 있는 호주는 죄수들의 유형지 국가였으나
이민 정책을 잘해서 오늘날의 풍요로운 살기 좋은 국가가 되
었네요.

#시드니#

호주에서 가장 큰 도시이며, 나폴리, 리우데자네이루와
함께 세계 3대 가장 아름다운 항구도시예요.

#시드니 오페라 하우스#

시드니의 랜드 마크로 조개껍질 닮은
외관의 아름다운 곳이에요.

#시드니 하버 브릿지#

세계에서 두 번째로 긴 아치형 다리로
오페라 하우스와 함께 시드니의 랜드마크입니다.

#멜버른#

남반구의 유럽과 가장 닮은 도시입니다.

#태즈메이니아#

청정 자연 속에서 맛있는 음식을 먹고
역사를 배우며 힐링을 해요.

대륙이 하나인 나라로 세련된 도시부터
천혜의 자연까지 모든 것이 있어요.

#브리즈번#

시드니 멜버른에 이어 호주에서 세 번째로
인구가 많은 도시이자 퀸즐랜드주의 주도입니다.

뉴질랜드(기행시)

자 해외여행, 획~~~
아시아나 비행기를 타고
뉴질랜드(남섬)로 날아갑니다.

12시간 비행으로,
파이 도착, 왕가레이를 거쳐 오클랜드에 갑니다.

천혜의 청정나라 우리나라와는 반대의 기후인
1월이 가을이라 여행하기 좋은 곳, 캐시드커브항구,
퀸즈타운의 번지 점프, 초록홍합과 마누카 꿀은
세계적으로 유명하고, 멀퍼드 트랙길(길이~53.5km) 아름다
운 트랙 길을 따라가면,
태어나요. 호수가 기가 막히게 아름답네요.

1억 년 전에 화산 폭발로 대륙과 고립되어온 뉴질랜드는
폭포수가 천개가 넘고, 테카포 호수, 마운트 존,
카이코우리 호수(해 질 녘에는 바다가 분홍색으로 변함)
블러프, 와나카, 테카포, 카이코우라, 웰링턴(뉴질랜드 수도)
바쁘게 관광 잘하고 왔어요.

아! 옛날의 추억을 담아서
곱게 그림을 그려 놓고, 발자국만
살며시 남겨 놓고 왔습니다.

7월의 맑은 햇살

오! 광란의 도가니 속에서
미친 듯 춤추는 7월의 맑은 햇살이여

빛나도다.

하얀 구름은 쪽빛 하늘 타고
바람 따라 미리내 강가로 흘러만 가겠지,

폭풍우 치는 밤이 지나면,
너 더욱 찬연하게
온누리를 비추누나

내 마음도 한 마리 학이 되어
천상의 하얀 햇살 속으로
멀리멀리 날아가고프다.

푸른 꿈을 안고
힘차게 날갯짓하며
7월의 맑은 하늘을
우러러보리라.

영혼에 바치는 노래

그리운이여! 보고 싶은 임이시여!

할 말이 너무 많아 무엇부터 써야 할까?
심려되옵니다.

잔잔한 미소, 부드러운 미소
그 어디 가서 만나 볼 수 있을까요?

아무리 불러도 대답이 없는
그대 목소리!

저 멀리서, 아니 제 곁에서
임의 목소리가 들리는 듯하네요

오늘은 그대가 보고 싶어서
눈물을 흘리며 이 글을 씁니다

사랑하는 임이시여!
천국에서는 아프지 마시고
항상 건강하시고 행복하세요

하나님께서 부르시는 그날까지
저도 열심히 살렵니다

영원히, 영원히 잊지 않고
그대를 위해 기도하며 굳세게 살아가렵니다.

PS : 유명을 달리 하신 선배 언니께 드리는 글입니다.

폭염의 하루

오늘 하루도 우중충한 폭염의 하루다
비지땀을 흘리며 길섶에 주저앉아
수건으로 얼굴을 닦으며 씽끗 웃는다

온 산야가 태양의 이글거림 속에서
광란의 도가니 속으로 빠져드는 듯하다

멀리 보이는 하얀 개망초, 꽃들이 미리내
하얀 물결 속에서 춤추는 듯 바람에 나비춤을 춘다

아! 인생이란 누군가 말했다

꽃병과 약병 사이에서
오락가락 방황하고 있다고

무덥고 힘들지만
농원 이랑에서 다시금
기쁨의 수확을 맛보며

오늘 하루도 꽃병을 가슴에 안고
즐거운 여정으로 한 발 한 발 나아가고 있다.

그리운 부모님 전 상서

하얀 물망초
한 아름 꺾어서 그대 두 분에게 바치오리까?

어느 곳에 계시는지 모르지만
그대 두 분을 그리워하고
더구나 이렇게 뜨거운 날이면
억수같이 비가 오는 날에는

더욱더 아버지 어머니가 보고 싶습니다.

머나먼 곳에서 저의 살아가는 모습을 보시고
격려해 주시고 응원해 주시리라 믿어요

저도 가온누리에서 올바르게
살아가려고 노력하고 있답니다

존경하고 사랑하는 나의 예그리나 임이시여!
저도 언젠가는 부모님 곁으로 가겠지요.

육체는 사라지셨지만, 하늘나라에서 두 분의 평화롭고
영광스러운 영혼이 고이 잠드시기를
두 손 모아 간구히 기도하옵니다.

제가 가는 날까지, 평화롭게 사시기를 바라며
영원히 영혼 축복하시기를 기도하옵니다.

아버지, 어머니!
그리운 나의 부모님!
불효 여식 영면 전에 두 손 모아 기도 인사 올립니다.

PS : 아버님의 기일에 부치는 글입니다.

우리 집 정원

우리 집 테라스에 빨간 월계꽃
활짝 피어 나의 마음을 즐겁게 하누나

창문 안에는 즐비하게 동양란이 햇빛 속에서
새파랗게 줄기를 세우고

푸르름 속으로 빠져드는 듯 싱그럽다
정원 마당에는 씨로 심은 복숭아 두 나무가
새빨갛게 익어 가고 있다

아침 햇빛이 찬란하게 떠오를 때면,
나는 가끔 라일락 나무 그늘에
앉아서 글도 쓰고 기타를 치며 노래한다.

인생이라는 무거운 짐을 어깨에 메고
오늘이라는 이 시간을 어떻게 보내야 할까?

나의 삶을 살아가고 있는 나의 자화상을 통해
인생의 설계를 다시금 우리 집 정원 벤치에
앉아서 그려 본다.

인생은 자기 자신이 개척해 가는 삶의
진정한 노선이 아닐까?

내 어버이 살아 계시는 그곳

내 어버이 살아 계시는 그곳,
그곳이 어드메뇨?

저 멀리 짙푸른 산속에 하얀 아지랑이
연기처럼 피어오르고

꽃들은 날 오라 방긋 미소 지으며
새들도 라온제나 노래하는 그리운 그곳

어서야 가자

도래솔 사이 사이에
빨간 동백꽃을 심어 드려야지

어버이 잊지 마세요
불효 여식을,

사랑합니다.
영원한 나의 어버이시여!

* 아지랑이 : 봄날 햇볕이 강하게 쬘 때 공기가 공중에서 아른아른
　　　　　 움식이는 현상
* 라온제나 : 즐겁게
* 도래솔 : 무덤가에 죽 늘어 서 있는 소나무.

그리운 나의 친구들아

추억은 아름답다고 〈러시아〉 작가 '푸시킨'은 말했지

오늘 나는 그 추억 속으로 한발 한발
황금빛 여정을 더듬으며 떠나련다.

그 옛날 나의 친구들아!

학교 운동장에서 함께 뛰어놀던
철부지 친구들, 보고 싶구나

그리고 나의 대학 친구들
우리는 영문과 학생이니
영어만 밤낮으로 공부했지

길을 가면서도 영어책을 보고
캠퍼스 벤치에 앉아서도 영어를 공부하며
우리 스터디 그룹은 열정으로 학업에 정진했다.

온 세상이 눈부시게 발전하고 있는
초고속 시대에 나의 친구들은 어떻게 변하고
무슨 일들을 하는지 참으로 궁금하구나

어느덧 고운 얼굴에는

아뿔싸!

살아온 역사의 계급장 같은 훈장이
화려하게 펼쳐져 있겠구나!

그러나 친구들아, 걱정하지 마라
우리는 늙어 가는 것이 아니라
곱게 익어 간단다.

언젠가는 인간은 모두가 가야 할 길을 또 가야만 하겠지,
그립고 보고 싶은 나의 친구들아!

우리가 만나지도 못하고 그대로 죽는다고 하더라도
인간의 마지막 가는 길은 다 똑같으니
너무 서러워하거나 슬퍼하지 말아라

인생은 그렇게 슬픈 일만 있는 게 아니란다.
때로는 장미꽃이 뿌려진 평탄대로도 있단다

그리운 나의 친구들아!
부디 행복하고 기뻐하여라.

오늘의 기도

존귀와 축복으로 이 세상에 오신 예수님!
두 무릎 두 손 모아 기도합니다.

어찌 악령 같은 코로나는 물러가지 않고,
폭염과 폭우는 온 세상을 휩쓸고

모든 천재지변이 온 인류를
공포 속으로 몰고 가는 것일까요?

거룩하고 경건하신 하나님 아버지!

이 세상을 살피시사 모든 사람을
악의 무리에서 구원해 주시고

코로나의 희생물이 되지 않도록
보호해 주시며 사랑으로 지켜 주옵소서!

즐겁고 기쁜 세상에서 서로 사랑하며
서로 믿음으로 살아가게 도와주옵소서!

하나님의 나팔 소리

쿵쿵쿵 따따따
하나님의 나팔 소리!

하늘에서 들려오나
땅 위에서 울려오나?

온 세상이 환희의 장막 속에서
천지진동하면서 축복의 춤을 추는구나

어서 오소서! 나의 하나님, 나의 구세주

온 세상을 밝히는 나의 하나님!

나팔 불 때 나의 이름 부를 때에
꼭 하늘나라 잔치에 참여하련다.

G 선상의 아리아

햇빛이 드디어 찬란하게 빛나는 상쾌한 아침에
마당에 있는 복숭아나무 그늘에

벤치에 앉아서 바흐의 G 선상의 아리아를 듣고 있다.
매일 들어도 힐링이 되고 힘이 되는 음악

흐르는 호숫가에 떨어지는 빗방울 소리
짹짹거리는 새들의 노랫소리

바흐의 열정과 평화스러움이
가득 담긴 고요함 속에서
마음의 여유가 흘러나온다.

나에게 힘과 용기를 주는
'G 선상의 아리아' 노래는
언제나 나의 마음의 안식처이다.

인생 열차

나는 인생 열차에
몸을 싣고 달려간다.

가자 가자 저기 저 별빛 같은
고요가 흐르는 아름다운 세상으로

구름처럼 바람처럼
흐르는 강물처럼
그저 그렇게 오늘도
인생이라는 욕망의 불꽃을 피우기 위해

지구의 자전과 공전에 몸을 싣고
여행을 떠나고 있다

나는 어디로 가고 있는 것일까?

신의 계시를 따라,
아니 멀리 보이지 않는 파안의 세계로
니는 자꾸만 달려가고 있다.

우리네 인생

아! 세월은 잘 간다
나는 나는 나는...

세상은 변하지 않는데,
왜 나만 변해 갈까요?

지금, 이 순간도 무엇을 위해 방황의 갈대길
숲속에서 이다지도 헤매고 있는 걸까?

그 누가 말했던가?

인생길 위에서
헛발질하지 말라고,

부평초 같은
고난의 길에서

무엇인가 잡으려고
욕망이라는 이름의 전차를 타고

오늘도 미지의 세계로 달려간다.

오호라!
통제로구나!

부평초 같은 우리네 인생!
바람이 불면 부는 대로
비가 오면 비가 오는 대로

망망대해를 흐르는 바닷물처럼,

하늘을 흐르는 구름처럼,
빛나는 태양처럼,

그렇게 말없이
자연을 사랑하며

가온누리 세상에서
힘치게 살아가리라.

* 가온누리 : 무슨 일이든 세상의 중심이 되어라.

어느 노신사의 죽음

바람처럼 오셨다가
구름처럼 떠나가신
어느 노신사의 생애

가시리 가시리
가시었나이까?

아주 멀리멀리
정녕코
그렇게…

슬프고도 외로운 길을 홀로
어떻게 그렇게 가셨나이까?

이별의 문자 하나 안 남기시고
그렇게 홀연히 가시다니요

선생님! 너무너무 슬퍼요
가시는 발자국 자국마다
눈물이 앞을 가려
어찌어찌 가셨나이까?

다시는 못 오실 영원의 길에
하얀 장미꽃을 뿌리렵니다
고이 잠드소서

가시는 걸음걸음 못 오실 머나먼 길에
하얀 모자를 쓴 노신사는 춤을 추며

어디론가 환생의 문을 향하여
나아가고 계십니다.

하얀 민들레 홀씨

하얀 민들레 홀씨가
추운 겨울잠에서 깨어나
보리밭 사잇길로 하얗게
솜사탕처럼 피어오릅니다

그러나
나는 아직 나의 봄을 기다리렵니다

하얀 민들레가 활짝 피어
사방으로 손짓하며 나를 부르면
그때서야 방긋 미소로 인사 할 겁니다

하얀 민들레 꽃씨가 되어 나를 부르면
나는 푸른 농장에 새까만 꽃씨를
심을 겁니다

한 알 한 알 내 마음에 둥지를 튼
하얀 민들레 홀씨를
나는 황금빛 대지 위에 마구 뿌리렵니다.

제목 : 하얀 민들레 홀씨
시낭송 : 박영애
스마트폰으로 QR 코드를 스캔하면
시낭송을 감상할 수 있습니다

인생무상

여보게 젊은이들이여!
일만 하지 말고
가끔 놀러도 가보려무나,

늙어지면 힘이 없어 못 논다네

인생이 뭐 별거더냐
슬슬 쉬엄쉬엄 쉬어 가면서 일해야 해
다리 힘없으면 떨려서 여행 못 간다네
청춘은 역시 젊음이 반짝일 때 즐겨야 하지
놀 때 놀고 일할 때 일하세!

청춘은 다시 돌아오지도 못하고
긴 세월도 아니라네

검은 머리 하얀 찬 이슬 내리면
젊음도 가고 인생도 가고 사랑도 가지

아! 아뿔싸!
아름답고 화려했던 인생아!

어디로 갔니?

너는 해와 달과 함께
세월 따라갔구나!

아! 억울한 내 인생아!

백발의 청춘 (KBS 1TV 동행 5부작[백발의 인연] 감상문)

하얀 백발이 성성한 남녀가
검은 머리 파뿌리가 되어 갈수록
더욱더 진한 사랑에 빠져 가고 있다

두 손 꼭 잡고 시계의 분침과 초침처럼
빛과 그림자가 되어 감동의 세월로
1세기를 향하여 사랑과 행복을
찾아서 가시는구나

두 백발 청춘은 다시는 돌아오지 않을
시간을 아끼면서 앉으나 서나 오직
늙은 신랑 신부는 서로의 배우자
마음을 꼭꼭 사랑이라는 방패막이로 감싸준다

할배왈 "당신이 없으면 나는 못살아
밤이나 낮이나 두 손 잡고 서로 도우며
일하다가 우리는 똑같이 죽자. 한날한시에 죽자."

할매왈 "여보시오, 73년 동안 함께 살아왔지만,
죽을 때는 저승사자 마음이라오."

할배왈 "싫소 싫소 사람의 밧줄로 함께 묶어
함께 갑시다."

할매왈 "그래요. 나는 저승에서도 당신 꼭
껴안고 있으면 안 무섭다오. 당신과 내가
함께 못 죽어도 나는 당신과 같은 착한 영감을
만나 지금 죽어도 여한이 없다오.
고마웠다오. 영감 사랑하오."

영감님의 눈에서는 감동의 뜨거운 눈물이 흐른다

"우리 할멈 나한테 와서 고생 많았지,
너무나 착한 당신을 어찌 두고 가려는가?"

혼자서 뒤돌아서서 엉엉 대성통곡을 하신다.

추억의 슬픈 그대여

복사꽃 살구꽃이 필 때면
그 옛날의 추억이
새록새록 떠오른다네

아! 옛날이여!
그립구나

우리는 서로 사랑하면서도
눈빛으로만 보고 한마디도
말을 못 했지

왜 사랑한다고 말 못 했을까?

어릴 때는 소꿉친구로
엄마 아빠가 되어 즐겁게 지났건만,

자라서는 한 교정에서
만나서 같은 학교에 다녔지

이건 특별한 인연이 아닐까?
그 누가 말했던가?

인연의 길이 아닌
사랑의 슬픈 길이라고

내 어이 추억의 십자로에서
방황하는 길라잡이가 되었을까?

지금도 잊지 못하는 추억의
파노라마 그리움 속에서

오늘도 나는 그대의 모습을 그려 본다.

존경하는 스승님! (편지)

지금 밖에는 찬바람이 마구 창문을 두드려 대네요.

몇 년 만에 소식 올립니다.

선생님께서는 프랑스 소르본 대학원에서 재직하시다가 우리나라 Y 대에 계신다는 소식을 듣고 찾아갔으나 만나 뵙지를 못하고 그냥 왔어요

몇 년 전 KBS1TV *아침마당*에서도 선생님께 보낸 저의 편지글을 소개했어요.

전에는 제게 답장 글을 보내 주셨는데, 요즈음은 많이 연로하셔서 어떻게 지내시는지, 만나 뵙지 못해서 정말 저의 마음이 안타깝습니다.

항상 저를 아껴 주시고 저를 칭찬을 해주시던 스승님!

"영어는 네가 최고야"이 학생 저 학생 시키다가 마지막으로 제게 해석시키시던 스승님!

그 당시는 멋쟁이 총각 선생님으로서 인기가 높으셨지요

스승님의 말씀!
가슴에 와닿는 한마디!

"나는 기운은 없지만, 날카로운
펜촉 하나로 상대방을 이길 수 있다"

얼마나 의미심장한 명언입니까?

지금도 스승님의 젊은 시절의 얼굴 모습을 그려보며 그리워
하고 있습니다.

존경하는 선생님!
만나 뵙지는 못하지만.
서울에 계시는 선생님께,
옥체만강 하심과 함께
사모님과 오래오래 행복하게
잘 지내시기를 축원하옵니다.
만수무강을 비옵니다.

친구야! 옛 친구야!

보고 싶다 나의 옛 친구들아!

나이를 먹어 가니 이제 불현듯
어릴 적 친구가 생각난다.

너희들도 머리에는 하얀 눈꽃이 여기저기 피었겠구나.

우습구나! 우리가 벌써 이렇게
영광의? 월계관을 쓰다니!

아! 그립다
젊음에 춤추던 우리들 세상!

세월이 가는 건지,
우리가 가는 건지,

너희들 셋은
대전에서 잘 살겠지?

흘러가는 세월 따라 여기까지
와보니, 새삼 인생의 진실한
삶의 의미를 이제야 알겠구나.

친구들아! 인생의 3대 "척"이
무언지 아니?

1. 모르면서도 아는 척 (지식)
2. 없으면서도 있는 척 (부자)
3. 못났으면서도 잘난 척 (교만)

이 세 가지가 인생의 가는 길에 걸림돌인 3대 "척"이란다.

친구들아, 우리 네 사람은
위선과 교만과 가식의
허물을 깨끗이 벗자

겸손과 온유한 마음으로
하나님이 부르는 날까지
봉사와 헌신, 희생하는,
사랑하는 마음으로 살아가자

사랑하는 나의 친구들아!
우리 서로 살아가는 날까지
의리로 똘똘 뭉쳐 신의로써
살아가자.

축복받은 날

봄비가 새록새록 어둠을 뚫고
가로등 불빛에 비추어 오색 찬란하게

현란한 몸짓으로
나를 유혹한다

오늘 낮이 다 가고
어둠의 밤이 왔다는 것을

나에게 알리듯이,

또 하루의 역사가 반이 흘러갔다는 것을
시침, 분침을 통하여 알게 되었다

나는 혼자 순백의 독백 어린
언어를 토해내 본다.

오늘 내가 얻은 것은 무엇이며
내가 잃은 것은 무엇일까?

오늘 나는 모르는 많은 성도님으로부터
축복이 넘치는 거룩하고 경건한 말씀을 받고
"아멘" 해주시니 그 이상 더 무엇을 바람이 있을까?

나는 느꼈다
너무너무 감사했다

나를 인정해 주고,
감사함이 깃든 고운 말씀이
내 마음을 이렇게도 기쁘게 하다니!

순수하고 착한 사람들!
그 무엇을 내가 바라오리까?

어린아이처럼 혼자 기뻐하며 즐거워하는 날!
하나님께 영광과 감사의 기도를 했다

나는 분명히 "오늘은 축복받은 날이다." 라고….

송년 시

아! 세월이 흘러 흘러서
호랑이해가 피안의 안개 속으로 사라져 가고,

귀여운 토끼해가 깡충깡충 뛰면서
새빨간 눈빛으로 방긋방긋 미소 지으며
인사하며 오고 있네

참으로 바쁘게 살아온
일 년 삼백예순날!

이리도 빠를 줄이야!

나는 무엇을 위하여
어떻게 살아왔을까?

가슴 치며 먼 하늘만 바라본다

하늘가 미리내 강가에
시 한 수 띄워 보내 볼까나,

올 한 해는 모든 사람의
사랑 속에서 살아왔지,

돌아오는 계묘년에는
토끼처럼 귀엽고 사랑스러운 눈빛으로

요리조리 뛰면서 사랑의 꽃씨를 심어,
모든 사람에게 사랑의 향기를
나누어 주어야지

모든 사람이 행복할 수 있도록...
안녕~ 2022년아!
잘 가라.

인생의 향연(饗宴)

박기숙 제2시집

2023년 5월 29일 초판 1쇄
2023년 5월 31일 발행
지 은 이 : 박기숙
펴 낸 이 : 김락호
디자인 편집 : 이은희
기 획 : 시사랑음악사랑
연 락 처 : 1899-1341
홈페이지 주소 : www.poemmusic.net
E-Mail : poemarts@hanmail.net

정가 : 12,000원
ISBN : 979-11-6284-448-9